吃出好气色
速效美颜养生餐

企划／忆纯

摄影／陈清林　周祯和　陈敬强

文汇出版社

图书在版编目（CIP）数据

速效美颜养生餐 ／ 忆纯企划. －上海：文汇出版社，2007.8
ISBN 978-7-80741-251-9

Ⅰ.速... Ⅱ.忆... Ⅲ.①美容－食谱②食物养生－食谱
Ⅳ.TS972.161

中国版本图书馆CIP数据核字（2007）第119980号

速效美颜养生餐

企　　划	／	忆　纯
责任编辑	／	闻　之
装帧设计	／	灵动视线
出版发行	／	**文匯**出版社
		上海市威海路755号
		（邮政编码 200041）
经　　销	／	全国新华书店
印　　刷	／	北京燕泰美术制版印刷有限责任公司
版　　次	／	2007年8月第1版
印　　次	／	2007年8月第1次印刷
开　　本	／	787×1092　1/16
字　　数	／	78千
印　　张	／	5.25
印　　数	／	1－10 000
书　　号	／	ISBN 978-7-80741-251-9
定　　价	／	18.00元

CONTENTS

神奇酱料
的美颜魔力

菜肴美味的关键，往往就在那几汤匙或几滴调味料之中！想提升你的烹调手艺吗？不妨照着以下介绍的酱料入门走一遍，你会发觉，其实学做菜实在好简单，想要留住青春美丽，更是用吃的就能一口咬定……

 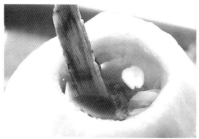 

企划编辑／忆纯 · 版型构成／许芳莉 · 摄影／陈清标 · 周祯和 · 陈敬强

STEP I

掌握精准味觉全靠它！

调味酱料身家大调查

酱料要调得好，基本调味料缺一不可，什么样的调味酱与你的味蕾最速配？哪一种醋最能让你料理时美味升级？什么样的辣椒酱适合什么样的料理方式？这样一字排开的瓶瓶罐罐，怎样才能让料理变得更好吃呢？那就赶快来认识一下酱料制作背后的美味大功臣吧！

龟甲万鲜美露

内容：黄豆、盐、面粉、焦糖
容量：640ml／瓶
保存期限：2年
口味 微咸中带有些许甜味，以传统方法天然酿造，豆味香浓，色泽沉厚红润，咸度微高。
用途 可以用来做蘸料，但是较不适合用来卤煮食物及上色。

味全甘醇酱油

内容：黄豆、糖
容量：300ml／罐
保存期限：3年
口味 轻舔一口有回甘的感觉，充满浓郁的黄豆香醇滋味，十的鲜甜。
用途 凉拌料理中最常使用到，也可用来炖煮卤肉、卤品等。

梅林辣酱油

内容：辛香料、盐、醋、酱色
容量：300ml／罐
保存期限：3年
口味 略带醋味，色泽红润，辣味十足，且豉味香浓，在国内尚属少见的酱油类型。
用途 风味十分独特，多用于西餐佐料，喜爱辣味刺激的人绝对要亲尝一下。

李锦记蚝油

内容：小麦、糯米、黄豆、砂糖
容量：300ml／罐
保存期限：3 年
口味入口稍咸带甜的甘甜滋味，属于较浓稠的酱油类，具有特殊鲜味。
用途主要用来蘸食的酱料，最适合蘸或烹调各类面食、豆腐等食物，滋味同样出色。

香辣油

内容：辣椒、白芝麻、
　　　沙拉油
容量：145ml／瓶
保存期限：2 年
口味清清爽爽的味道，混合着淡淡芝麻香，微辣的口感，更添风味。
用途用来煮汤或制作凉拌菜，即可顿时让美味加分。

红酒醋

内容：未成熟的红葡萄
容量：300ml／罐
保存期限：3 年
口味带有浓郁的红葡萄香气，风味十分独特，具有去涩提鲜的功效，特点在于它能轻易地融入料理中，展现出不同的美味。
用途陈年红酒醋味道比较浓，适合直接使用或调现榨果汁，也可配橄榄油淋在生菜沙拉上。

白酒醋

内容：未成熟的白葡萄、醋菌及香料
容量：300ml／罐
保存期限：3 年
口味跟工研白醋比起来较不会那么呛鼻，味道温和，适合做沙拉酱，或与盐、胡椒、柠檬调和制成油醋酱。
用途白酒醋的醋味淡，甜度较低，适合直接使用或调现榨果汁，也可在烹调海鲜、蔬菜的过程中用来加味。

常见调味料热量表

品名	份量	热量（大卡）	蛋白质（克）
米酒	1 大匙	20	微量
白醋	1 大匙	15	微量
乌醋	1 大匙	微量	微量
酱油	1 大匙	4	0.6
甜不辣酱	10 克	25	无
酸黄瓜酱	10 克	10	无
蜂蜜	10 克	40	无
番茄酱	20 克	35	无
粉状奶精	6 克	25	无
砂糖	10 克	33	无
奶精球	10 克	50	无
甜辣酱	10 克	15	无
沙拉油	10 克	90	无
盐	1 小匙	0	无
味精	1 小匙	0	无
水果酱	15 克（1 大匙）	70	1.0
花生酱	15 克（1 大匙）	45	微量
草莓酱	15 克	45	微量
面粉	30 克	105	3.0
咖哩块	120 克	350	10.0

B.B. 美美辣酱

内容：辣椒、盐、糖、水
容量：160ml ／罐
保存期限：3 年
口味 是嗜辣者的最爱，也是宫保口味的调味料，辣酱的口味辛辣，可以增进食欲，亦可以燃烧体内的脂肪，使油脂不会储存在体内。
用途 直接做为蘸酱或是烹调辣味时的佐料。

辣豆瓣酱

内容：辣椒、盐、大麦、大豆
容量：200ml ／罐
保存期限：2 年
口味 颜色鲜红，热炒爆香后味道咸而辣，具有提味、增香的功效，因使菜肴油红味香，增加食欲。
用途 带有鱼香、麻辣味，属于家常口味的基本调味料。

麦芽糖

内容：麦芽糖、葡萄糖、糊精
容量：500ml ／罐
保存期限：2 年
口味 富有黏腻的甜味，直接含在嘴里，甘甘甜甜。淡淡平和的口感，让味蕾得到了最舒坦的抒发。
用途 用在炖煮、熬汤或做冷点，都是独一无二的好选择。

Sauce
STEP 2 酱料区 >>>>>

1 储备明星万用酱，轻易让料理加分

明星万用酱其实就是家中常备的酱料，原因就在于它的用途广泛，与各式各样不同材质的食材都能搭配得天衣无缝，以下五种酱料，就是我的热情推荐方便酱料喔！

◆五味酱：以糖、乌醋、番茄酱和香油为基底，它的用途广泛，好吃在于它结合不同的辛辣和香气，不论哪一种料理，速配指数都不低。

◆糖醋酱：最家常的糖醋料理，大概就是糖醋排骨、糖醋鱼及醋溜丸子，只要把握糖醋比例糖：醋：水：番茄酱＝1：1：1：1，就成了最完美的糖醋酱汁。

◆番茄酱：以大量番茄为主体，不仅忠于食材原味又兼顾口感，这也是番茄酱大受欢迎且历久不衰的原因之一。

◆甜辣酱：常常在欠缺一味时，甜辣酱自然而然成为最想蘸取的酱料之一，不论吃粽子、炸物或是白切肉，马上能让滋味变得丰富。

◆沙拉酱：从单纯的食物提味到精致美食，不论用来作为淋酱、蘸酱或是抹酱，都能变化出多彩多姿的沙拉料理。

2 多一份辛香味，少一份热量

选择酱料时，当然以低钠、低油为最佳选择，其次，大量使用香味浓郁的辛香料所制作出来的酱料，如葱、姜、蒜、辣椒、九层塔、香菜等具有特殊气味的食材，搭配酱油、酒或醋来制作，或者直接加入各式水果、蔬菜和坚果等天然原料，减少糖、盐的分量，将可以吃到最健康又不失美味的酱料。

3 有效期限，决定美味的关键

市售罐装酱料，虽然绝大部分都已经过处理、煮熟、杀菌保存，可以让主妇们方便选购，并放在家中随时备用，节省许多处理上的繁杂手续，但选购时仍须特别注意有效期限，一定要在保存期限内使用，超过保存期限的罐头（一般以1到3年为期限）最好丢弃，以免变质。此外，注意外观，看看有无被挤压变形，是否完整没有破损，若有生锈者，都不宜采购，才能保证品质上的安全。

4 瓶装酱料为采买首选

不论哪一种酱料，一旦开罐与空气接触，就必须尽早食用完毕。未食用完的酱料，千万不可倒回原罐中，因为取用过的酱料，其含夹的杂质多，易造成瓶内新鲜酱料的变质及腐坏。

在酱料保存容器的选择上，最好以玻璃材质为第一考量，其次为塑胶瓶；铝制包装会引起化学变化而产生毒素，考虑到健康，建议尽量避免使用。

酱料区 >>>>

采购酱料 Q&A

Q 选择时的注意事项有哪些？如何依口味、品牌、产地选择最适合自己烹调的酱料？

A 选择前，需看清成份是否有防腐剂及色素等化学添加物，制造日期越靠近购买日越好，并注意保存期限，如果是罐头包装则要注意是否有被压挤或膨胀变形，产地的选择则以农作物产地或专门生产制造地为宜，品牌当然以老字号及有品质保证为优先考虑。

Q 特殊酱料哪里买？如果有买不到的特殊酱料，是否可以用其他酱料取代？

A 其实买不到的或许可以自己做，像是意大利的青酱便可用九层塔来制作。另外，不容易买又不容易做的有墨鱼酱，辣根酱等其实还是买得到的，只是买的人少，商家自然铺货铺得少，通常在远企、微风广场、SOGO、101等应该还是可以买到任何你会用到的特殊酱料。

1 到大小卖场寻宝去

在百货超级市场：有许多进口或国产的厨房用具，不过一般说来，价格上并不便宜。此外，在一般的超市里也能找到常用的用具，且在价格上通常也比较平实。

2 善用家中锅碗瓢盆

其实调制酱料是最为随心所欲、随心且随性的做菜方式，因此也就没有特别需要的烹调工具，只要善用家中的锅碗瓢盆，不论是调拌用的汤匙、煮酱料用的锅子，或是切料用的刀具、切菜板等等，就足以调制出美味又好吃的酱料。

3 必备器具，事前准备好

即使绝大部分的材料可以利用家里现成的器材来制作，但有一些器具，仍是需要另外购买，如：量取所需材料份量的量杯、测量少量的粉类或液体材料的量匙，以及用来滤除杂质，也常用于过筛的筛网等等。

此外，用来秤取份量较多的固体材料的磅秤、用来将材料打碎或将材料搅拌均匀的机器，如：果汁机以及食物调理机等等，都是制作调味酱料时需要另外购买的器具。

Tools 工具箱

〈〈〈〈

调制酱料必备器具介绍

工欲善其事、必先利其器，在熟悉厨房的各式五花八门的烹调技巧之前，想要自己调酱，除了仔细研读食谱之外，准备好基本配备，可让您在调制酱料时更为得心应手喔！

量匙

初学者想制作出美味的酱汁，一定要注意比例与份量。量匙用于测量少量的粉类或液体材料。一组标准量匙有1大匙、1小匙、1/2小匙及1/4小匙4种规格，使用时以"平匙"为基准，而且量粉类时要将粉块敲碎才精准。至于材质则以不锈钢量匙为佳，耐热又耐酸。

量杯

量杯使用于秤量液体材料，及量取所需材料的份量。分为塑胶与不锈钢二种，若食谱标示以c.c.为单位，则要使用透明、刻度清楚的量杯，通常1杯＝200c.c.。

压蒜器

具有大蒜去皮、剥开整颗大蒜及核桃去壳等三种功能，方便好用。处理蒜头时，再也不用担心双手留下恼人的蒜味。

研磨钵 & 研磨棒

磨碎芝麻、松子等核果类或制作拌酱时的最佳帮手。有陶瓷与木制材质可供选择，用来捣泥、捣碎或捣成粉末都很方便。

搅打器

主要用于搅拌沙拉酱或淋酱等材料时使用。选购时以铁条较密、较宽者较佳，而且铁条和手柄之间应另有一束环固定，才会比较耐用。最好搭配钵与锅子的尺寸，准备大、小2支，调理时会比较方便。

刨丝器

全不锈钢材质，一体成形设计，四周防滑设计。依照刨洞的大小，可刨出不同粗细之效果。

蔬菜切碎机

将任何叶菜放入切碎器内，只要轻轻搅动把手便可将食材切碎。

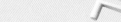

干物量杯

容量分别为：1/4、1/3、1/2以及1杯各一个，比用磅秤还方便（但用磅秤较为准确）。

木勺、木铲、木匙

木勺是混合材料时使用，除了烹调用之外，应准备专用的木勺较好，使用后洗净待干燥后再收藏起来。使用木制道具的好处是较不容易烫手。

如何让美味不流失

酱料保存 DIY

购买现成的酱料来烹调食物时，往往因为份量较多而面临保存的问题，若未食用完请放置冰箱，勿置于日光直射、高温或潮湿处，并尽量于保存期限内使用完毕。

酱料最佳的保存方式是封罐冷藏，因此在封罐之前，一定要等熬煮好的酱料完全冷却，才能入罐冷藏，因此正确的消毒瓶子及填装方式，将有助于您在保存酱料时，更加安全且卫生，让酱料得以存放较久的时间。

其实不论哪一种酱料在制作完成之后，都无可避免地要面临保存上的问题，如果自制的酱料要装瓶，请记得先将瓶子及瓶盖清洗干净，分别放入煮沸的滚水中，略微烫煮，达到杀菌效果即可；等水温降至约 50℃，即可取出瓶子及瓶盖，然后将水分充分擦干再倒放在干净的纸巾上，在日光下曝晒半天，或以烘碗机高温烘干，如此细菌较不易孳生。

若不小心有沾在瓶口边缘的酱料，要记得擦拭干净，再紧紧将瓶盖盖住，待冷却后移入冰箱冷藏即可。然后，最好以标签注明制作日期，不论哪一种酱料，一旦开罐与空气接触，就必须尽早食用完毕，且未食用完的酱料，千万不可倒回原罐中，因为取用过的酱料，其夹带的杂质多，易造成其余新鲜酱料的变质及腐坏。

如果是购买现成的酱料，也记得要在使用之后，将瓶盖盖紧，存放在干爽阴凉、避免太阳照射的地方，最好能够放入冰箱，保存起来更加安全。

最后，在酱料保存容器的选择上，最好选玻璃材质，其次为不锈钢容器，才能确保健康。

选择市面上有机的水果、蔬菜及香料制作而成的健康美味酱料，作为方便酱或调理成其他口味的蘸酱，即使是初学者也能创造出令人赞叹的餐点！

靓颜酱汁

Top 12 大公开

通过简单的步骤，你也能成为让菜肴更美味的魔术师……以下介绍几种最适合女性朋友们食用的蘸酱，不论是酸甜滋味或是浓郁口感，绝对都是你养颜美容的最佳良"拌"！

企划编辑/忆纯 · 版型构成/许芳莉 · 摄影/陈清标 · 周祯和 · 陈敬强

乌梅拌酱

材料
话梅 1 个

调味料
白醋 1 大匙　砂糖 3 大匙
乌梅汁 2 大匙　白兰地酒 1 小匙

酱料基本 DATA

特性：
以现有的乌梅汁来制作，可以省去熬煮时间，对于一般上班族或是职业妇女，可以在最短时间就享用到甘美酸甜的滋味。

口味：
以小火熬煮出既酸甜又柔软的口感，味道清淡却让人一吃难忘。

美颜 Q&A

梅子可说是优良的碱性环保食品，人的体质以中至微碱性为最健康，现代人多肉少菜，长期下来会造成体质酸化，影响健康。多吃梅子，可有效防止体质酸化，并预防因酸性体质所引发的各种文明病。

1 锅中放入乌梅汁 2 大匙，以小火加热。

2 放入白兰地酒以及所有调味料拌匀。

3 最后加入话梅，以小火煮滚，待冷却即可蘸食。

香橙酱

材料
乳酪粉 3 小匙
柳丁粉 3 小匙

调味料
糖 3 大匙　盐少许
白醋 3 大匙　蜂蜜 2 小匙
清水 6 小匙　柳丁原汁 6 大匙

酱料基本 DATA

特性：
利用柳橙原汁充满水果香气的酸味为基底，
加入白醋的清爽，让口感吃起来格外消暑。
柳橙酸酸甜甜的口味，让人有种恋爱般的
感觉。

美颜 Q&A

根据统计，一个成年人一天所
需的维生素 C，约只要一个中
等大小的柳橙就可以获得。柳
橙还含有丰富的维生素 B₁、
叶酸。柳橙的果肉瓣膜也有营
养，富含果胶，是一种可溶性
纤维；高浓度的果胶，能降低
血液中的胆固醇。

1 将柳丁粉、乳酪粉一起放入大碗中加入开水拌匀做成乳酪糊。

2 再加入剩余材料以小火慢煮。

3 最后加入乳酪糊拌匀即可。

芥末沾酱

材料
果糖 1 大匙　冷开水 1 大匙
酱油 2 小匙　苹果醋 1 小匙
黄芥末 4 大匙

酱料基本 DATA

特性：
搭配炸物别有一番滋味的芥末酱，味道可说是十分强烈，尝起来辛辣中略带呛味，让人大呼过瘾。

口味：
伴随着品味与概念的升温，感受到全新的视野与口味，芥末酱让人梦里也忍不住微笑。

美颜 Q&A
苹果素有"果中之王"的美誉，由于甜度较高，一直广受大众欢迎。苹果的营养丰富，因此还有着"青春果"的美誉，所含的苹果酸可保护皮肤，并有助于预防黑斑。

1 先将黄芥末倒入容器并加入冷开水调匀。

2 再加入酱油调匀。

3 最后加入其他材料一起混合拌匀即可。

桂花蜜汁酱

材料
乌醋、麦芽、
桂花酱各 2 小匙

调味料
酱油、酱油膏各 2 大匙
米酒 3 大匙
糖、梅林辣酱油各 4 大匙

酱料基本 DATA

特性：
制作桂花蜜汁酱时，桂花酱记得要最后加
入，以免因久煮而让香气完全散去，就品
尝不到桂花香。

口味：
淡淡花香味，充满着夏日香气。

美颜 Q&A

将买回现成的桂花或自行采集
的桂花，和蜂蜜一起放入密罐
内密封起来，过半个月后即可
开罐食用。桂花酱可用来泡茶
或煮酒酿蛋、酒酿汤圆，或加
酒饮用。对于化痰散淤、祛风寒、
消疲劳、促进血液循环，功效
极佳。

1 将酱油、酱油膏倒入
锅中，再以小火加温
拌匀。

2 依序加入桂花酱、麦芽、
糖，以小火加热煮至融化。

3 待冷却加入其他调味
料搅拌均匀即可。

奶油培根蛋汁酱

酱料基本 DATA

特性：
烹煮过程需格外注意，因为酱料浓稠，容易导致烧焦含有焦味，因此记得要边煮边搅拌。

口味：
还没入口就散发令人食欲大增的浓郁香气，伴着顺滑的沙拉，让人忍不住一口接一口。

美颜 Q&A

五花肉含有丰富的维生素 B_6，主要的功能是代谢蛋白质。维生素 B_6 也与荷尔蒙及红血球的合成有关，还协助大脑与神经的葡萄糖供应。另外亦对忧郁症有效，能提高行动意愿。

1 鸡蛋打匀；锅中放入奶油烧融，再放入培根煎至微焦。

2 加入蒜末、鲜奶油、乳酪粉、蛋汁拌匀，加入调味料调味。

3 熄火之后，倒入奶油拌匀即可起锅。

番茄醋酱

材料
番茄 3 个
大蒜 3 瓣
奥勒冈香草 1 小匙

调味料
盐适量
红酒醋 6 小匙
苹果醋 6 小匙

酱料基本 DATA

特性：
充满番茄的果香，酸酸甜甜，加入苹果醋及红酒醋的特殊酸气，做成的浓稠酱汁，拌面、拌饭都十分鲜美可口。

口味：
利用苹果醋充满水果香气的酸味为基底，加入了番茄的清爽，让整道酱料吃起来格外清爽脆并消暑。

美颜 Q&A 番茄红色部分是番茄红素（lycopene），流行病学研究指出，摄取番茄红素（lycopene）可预防摄护腺癌、乳癌及心血管疾病等的发生。而番茄红素经烹调后及有油脂时吸收更好，因此建议烹调后食用。

1 番茄洗净、去蒂、切丁备用；大蒜以压泥器压成泥状备用。

2 将蒜泥与番茄丁放入容器中一起拌匀。

3 最后加入奥勒冈香草拌匀，再加调味料调味后即可。

红酒甜醋酱

食材
味素 3 大匙　　砂糖 3 小匙
冷开水 1/2 杯　　陈年红酒醋 2 大匙

酱料基本 DATA

特性：
以红酒醋加入一点薄荷，可用来腌渍草莓，
不用搭配其他的食材，即可成为经典美味。

口味：
在夏日的餐桌上，享受属于酱料专有的味
觉解放，能品尝这样的美味，其实就是一
种幸福。

美颜 Q&A　红酒多酚是从红酒中萃取出，
具有高度的抗氧化能力，许多
医学研究证实，压力、疲劳会
使体内产生自由基，红酒多酚
正可以中和自由基，让肌肤恢
复明亮、白皙光泽。

1 取一只大碗，倒入陈年
红酒醋。

2 再放入砂糖及冷开水拌
匀。

3 最后再加入味素拌匀
即可。

凤梨酸奶酱

材料
凤梨罐头 1/2 个

调味料
酸奶 200cc
黄芥末酱 2 大匙

酱料基本 DATA

特性：
酸酸甜甜的凤梨酸奶酱，酸香滑顺的沙拉，味道浓郁爽口，极具开胃效果，可做为前菜拌酱。

口味：
酸浓入口，把食材完全包覆滋味，浓烈得化不开。

美颜 Q&A
酸奶是许多人喜爱的美味饮品，含有大量的乳酸，作用温和，有助于肠道益菌的增生。另外酸乳中的乳酸菌能定殖于人类肠内，因而抑制肠内腐败菌的增殖，降低了腐败菌毒素产生，延缓人类的老化，让你永葆青春美丽。

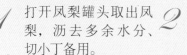

1 打开凤梨罐头取出凤梨，沥去多余水分、切小丁备用。

2 将酸奶放一容器中充分拌匀。

3 最后加入黄芥末一起拌匀即可使用。

西式沙拉酱

材料
柠檬 1 个

调味料
炼乳 1 罐　奶水少许
果糖 1 大匙　橄榄油 50cc

酱料基本 DATA

特性：
充满炼乳的香浓，是西式沙拉酱的独门美
味关键，味道香醇鲜味，若添加新鲜柠檬，
酸浓的口感好吃得令人手舞足蹈起来。

口味：
西式沙拉酱浓郁又柔软的口感，满足了味
蕾的需求，酝酿出令人赞不绝口的美食新
视野。

美颜 Q&A

在 100 克的柠檬中，含有 90
毫克的维生素 C，使得柠檬几
乎成为维生素 C 代表，可说是
最佳的美白圣品。另外柠檬可
预防体内的疲劳物质增加，是
对付疲劳的最佳利器。

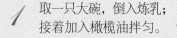

1 取一只大碗，倒入炼乳；
接着加入橄榄油拌匀。

2 柠檬洗净、挤出柠檬汁
备用。

3 再加入鲜奶油，并以
搅拌器搅打至材料完
全拌匀即可。

奶油芒果酱

材料
芒果 2 个

调味料
砂糖 1 大匙
鲜奶油 100cc

酱料基本 DATA

特性：
以芒果制作出来的奶油芒果酱，不仅香甜，
更带着浓郁的水果香。

口味：
一入口，鲜奶油及芒果的浓郁甜味，这样
温润可口、浓郁醇厚的香甜甘美，滋味窜
遍喉间。

美颜 Q&A

原称檬果，是由英文 Mango 音
译而来。芒果含丰富糖类、维
生素 A、C 及钙、铁等。另外
因含高单元胡萝卜素，可预防
眼疾。需要长期使用眼睛工作
的粉领族们，不妨多吃。

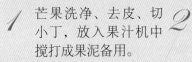

1 芒果洗净、去皮、切小丁，放入果汁机中搅打成果泥备用。

2 另取容器，再放入砂糖、鲜奶油，以高速搅打至材料拌匀。

3 最后再拌入芒果丁即可使用。

热乳酪酱

材料
乳酪适量　面粉 2 大匙
牛奶 425cc　乳酪粉 225 克

酱料基本 DATA

特性：
加入现刨的乳酪丝，可让入口滋味更香更浓，只要以小火慢慢加热，就能做出好吃的热乳酪酱。

口味：
乳酪浓郁厚重的味道与口感，就像是一场别出心裁的交响乐一般，令人尝起来大呼过瘾啊。

美颜 Q&A　乳酪是牛奶"浓缩"后的产物，所含的养分和牛奶雷同，是另一种良好的天然蛋白质来源。乳酪另含有丰富的维生素 B 群、A、D 和钙、镁、磷酸盐类等维持骨骼、牙齿生长所需的微量元素。

1 取一只锅子，放入牛奶及面粉，以中小火慢慢加热。

2 一边加热、一边搅拌至面粉完全与牛奶相溶。

3 再加入乳酪粉，搅拌至完全没有颗粒，即可加入乳酪丝调味并熄火。

黄甜椒酱

【材料】
黄甜椒 2 个
牛油 40 克
甜椒粉 1/2 小匙

【调味料】
盐少许
胡椒少许

酱料基本 DATA

特性：
甜而不腻的口感，充满夏日香气的清甜，是一道简单又容易制作的酱料料理。

口味：
芳香四溢的甜椒风味，每一口都吃得到百分百的原味营养。

美颜 Q&A

甜椒富含维生素 B_1、B_6、C 和 β 胡萝卜素、叶酸……维生素 C 对皮肤、韧带、骨骼的健康有益，β 胡萝卜素则是一种抗氧化剂。甜椒所含的维生素 C 是柑橘的 3 倍；维生素 B_6 对忧郁症更有显著功效。

1 黄甜椒洗净、去蒂及籽、切丁；锅中放入牛油烧融，并加入黄甜椒爆香。

2 将煮出香味的黄甜椒倒入调理机中以高速充分搅碎。

3 再将搅碎的材料倒回锅中，加入甜椒粉及调味料一起拌匀后即可食用。

恺撒沙拉酱

材料
酸豆 1 大匙
帕玛森乳酪粉 1 大匙
松子 1 大匙 鳗鱼 1 片

调味料
橄榄油少许 柠檬汁适量
美乃滋 3 大匙
法式芥末 1 大匙

酱料基本 DATA

特性：
汲取了美乃滋的香浓，再搭配帕玛森乳酪及鳗鱼风味的凯撒沙拉酱，谱出了最具完美口感的香醇沙拉奏鸣曲。

口味：
味道比较偏酸甜，口感清爽，是炎炎夏日最佳的开胃圣品喔。

美颜 Q&A

有"液体黄金"之称的橄榄油，富含维生素 E、A、D、K 及单元不饱和脂肪酸，它的优点是帮助消化，环地中海国家的人胆固醇比例与罹患心血管的比例明显较低，据说也跟常食用橄榄油有关。

1 将松子、鳗鱼料放入调理机中。

2 再加入法式芥末，并淋上橄榄油。

3 最后加入其他材料，以高速搅打均匀即可蘸食。

杏桃蘑菇酱

材料

洋葱 1 / 2 个　面粉 1 大匙
咖哩粉 1 大匙　高汤 100cc
牛油 30 克　蘑菇 400 克
罐头番茄 1 罐　罐头杏桃 425 公克

调味料

酱油 1 大匙
鲜奶油 200cc
盐、胡椒各少许
浓缩柳橙汁 3 大匙

酱料基本 DATA

特性：
在设计巧思上，让杏桃新鲜又
美味的滋味直接入酱，于口味
的表现亦让人惊艳不绝而回味
再三。

口味：
杏桃蘑菇酱映衬出来的美味，
有着浓得化不开的甜美芳香。

美颜 Q&A

洋葱主要的生理活性物质是大
蒜素等含硫化合物，所以洋葱
和大蒜一样气味很重。另外又
含有硒等抗氧化物质，因此它
也被认为能够杀菌，并且有利
于增强免疫力、抗癌、降血脂
及促进肠胃蠕动！

1 将罐头杏桃取出、放入
调理机中打匀备用；洋
葱去皮、切小丁；罐头
番茄取出、切小丁；蘑
菇洗净、切片均备用。

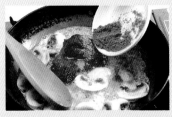

2 锅中放入牛油烧融，加
入洋葱爆香，再放入杏
桃、蘑菇至香味逸出后
再放入咖哩粉炒匀。

3 最后再放入面粉、高汤
拌煮均匀至滚，改小火
续煮约 10 分钟，加入
预先打碎的杏桃泥拌匀
即可。

吃出美丽

驻颜有秘方

其实想要留住青春是有方法的！多注意身体的保健就是一个极为关键的秘方！因为只要身体健康就会反映在气色与精神状态上，整个人看起来容光焕发，自然就会令人感到你似乎变美了！

企划编辑/忆纯 · 版型构成/许芳莉 · 摄影/周祯和、陈敬强 · 图片提供/美国家禽蛋品出口协会

浅谈药膳与美容的关系

中国药膳是在中医辩证配膳理论指导下，由药物、食物和调料三者精制而成的一种既有药物功效，又有食品美味，用以防病治病、强身益寿的特殊食品。它是中国传统的医药知识与烹调经验相结合的产物。

在"寓医于食"的观念下，既将药物作为食物，又将食物赋以药用，正所谓"药借食力，食助药威"，既具有营养价值，更具有防病治病、保健强身、延年益寿的功效。它可以使食用者在心理上感觉是一种享受，在享用中使其身体得到滋补，疾病得到治疗。因而，中国传统药膳的制作和应用，真可以说不但是一门科学，而且是一种艺术。

中国药膳的三个特点

中国药膳源远流长，中华民族自古有"医食同源"之说。中国最早的中医经典著作《黄帝内经》，就载有药膳方数则。我国最早的药学专著《神农本草经》，也记载了许多既是药物又是食物的品种，如大枣、芝麻、山药、葡萄、核桃、百合、生姜、薏仁……等。至隋唐时期，我国已有食疗专著约六十余种。

1. 注重整体，辩证施食：即根据患者的体质、健康状况、患病性质、季节时令、地理环境等多方面因素，确定相应的食疗原则和药膳。
2. 防治兼宜：药膳既可治病，又可强身防病。虽然多是平和之品，但防治疾病和健身养生的效果却是比较显著的。
3. 良药可口：民间有"良药苦口"之说，有些人，特别是儿童多畏其苦而拒绝服药。而药膳有食品的色、香、味等特性又有防病治病的功效，故谓良药可口。

药补与食补的关联

有些人对"药补"很感兴趣，其理由是"补药有病治病，无病也能强身"，这种观点有片面性。药补一方面要防止"无虚而滥补"，因为这样不但耗损药品，而且会扰乱人体脏器的正常生理功能，引起头昏、口舌生疮、流鼻血等不良反应；另一方面，还要防止"虚不受补"，这是指体弱者进补后，病痛不减，反而引起一系列不良反应。

所以唐代药王孙思邈早就指出，通过食补促进消化和全身状况的康复，比药物更好。如冬令多食羊肉，有补气养血、温中暖肾的功效；大部分鱼类，则具有健脾益气补血之功；贝壳类如蛤蚌、牡蛎等可以滋补肝肾，是延缓衰老的最佳食品。

人的生命是靠能量来维持的，人体的能量主要来自于食物。中医学认为，食物也具有寒、热、温、凉四气和酸、苦、甘、辛、咸五味，而且各有其所主的脏腑和归经。如食物搭配不合理，或者偏食，则有损于人体健康。中医提倡"谨和五味"，指的是：

1. 粗细搭配： 粮和细粮搭配既可提高食物蛋白质的生理价值（利用率），又可增进食欲，经常进食少量粗粮，还可提高消化系统的功能。
2. 干、稀配：单吃过干之物，如米、馍或单喝稀汤，都不符合营养卫生要求，应该干、稀搭配，这样可使蛋白质得到互补。
3. 荤、素搭配：素食主要是指粗粮、蔬菜等植物性食品，荤食主要指动物性食品，荤素搭配且以素为主，可使人获得丰富的维生素、无机盐，且能提高蛋白质的生理利用度，保证人体对各种营养物质的需要。从现代科学的观点来看，单纯吃素对人体可能并无益处，僧侣们多长寿并非得益于素食，而是与其他因素如环境优美、生活规律、清净无为等有关。

什么是药草？

薰衣草、迷迭香、玫瑰花瓣……相信这些花花草草在如今强调回归天然的现代社会中，已成为一股不可轻忽的自然趋势，只不过你真的知道这些花花草草的药效与成分吗？有兴趣的你，不妨一同来研究研究啰！

香草的英文名为 herb，源自拉丁语 herba，意指绿色草本植物。 中文名早期多称"药草"或"香药草"。Herb 一词源自于拉丁文，而既然是从拉丁文来的，所以我们可以知道，香草的故乡主要就是地中海的沿岸，而且适合香草生长的气候就是地中海气候。地中海气候的特色是夏季雨量少且持续放晴，冬天则有适度的雨量，但温度较为温暖。这也是为什么香草在照料上比较需要多接受日光的照射。当然不只有这种气候可以生产香草，其他地方像是欧洲的中部到北部，热带地区以及温带的亚洲地区，都可以见到各种不同的香草。

香草涵括香精植物（Aromatic herbs），像非草本类，如薰衣草、迷迭香等灌木。目前这一类，其花、茎、叶带有香味的草本植物或木本植物均属之。由于具挥发性精油，因此，在特定条件下（温度，成熟开花期）会发散出香味来。近年来，有更多科学证据指出香草挥发性香味或抽取之精油有安定情绪、消除忧郁及在免疫上有显著功效以来，日渐为人们所喜爱。而"香料用香草"的功效亦被发现并不只限于调味，在健康效果上亦十分卓越，因此现在香草已远传散播至世界各地。在台湾，由于国人国际观及生活品质提高，异国料理愈来愈受到欢迎，香草也随着花草茶、法国料理流行起来。

"香草"在我们日常生活中除了可作料理调味之外，亦有香精茶、香料入浴包、香精油、香精醋、香精酒等。近年来，香草染更为人们喜爱，可增加我们生活情趣，而置于室内，更兼具香气疗效，增强我们免疫能力。目前在先进国家中十分受到重视。

药草的活性成分

大多数人认为药用植物是一年生或草本的植物，像罗勒或人参等，但事实上药用植物分布的范围扩及整个植物界，不管它们属于哪一科，药用植物多多少少都含有一些作用特殊的化学活性成分。以下介绍几种活性成分以供参考：

香草效能总整理

品名	学名	功能
薰衣草	Lavender	镇静、止痛，沐浴可为松弛剂，可治疗关节痛及失眠
洋甘菊	Chamomile	具发汗的作用，适合过敏性皮肤
香蜂叶	Lemon balm	益寿、治头痛、健胃、助消化、提神放松心情、抗忧郁
芳香天竺葵	Geranium	安眠、消除压力不安
马郁兰草	Sweet marjoram	缓解感冒症状、减轻皮肤老化
冬香薄荷	Savory	
细叶、宽叶迷迭香	Rosemary	促进血液循环、减轻腰部肌肉关节疼痛、增强中枢神经系统、增强记忆力
薄荷	Mentha arvensis	
荷力罗勒	Basil holy	除蚊去虫、忌避壮阳、驱风健胃，俗称九层塔
金莲花	Nasturtium	
鼠尾草	Common sage	妇女调经解痛、帮助消化、退热
香茅	Citronnelle	
百里香	Wild thyme	去痰止咳、帮助消化、恢复体力强化免疫系统、治疗肠胃胀气、镇静、去腥味
莳萝	Dill	
虾夷葱	Chives	消炎、止咳
香椿	Cedrela .sinensis Juss	
芸香	Ruta	强化微血管、催经、发汗，有毒，少量使用

生物碱——具有活性成分的有机化合物，至少含一个氮原子；作用强，含有毒性(如吗啡)，是大多数制药研究的重点。
苦味物——具有苦味，可刺激食欲的多种化合物。
酵素——有机催化剂，为所有植物行使生化功能不可少的物质。
精油——芳香植物的精髓，可借助蒸馏、有机溶剂或压榨来萃取。
树胶——是植物受伤而产生的一种不溶于有机溶液的黏性物质。
黏质——一种在水中膨胀成凝胶的黏性胶，常用于减轻皮肤发炎和过敏。
皂素——是乳剂的糖甘，常具有刺激性与毒性，与肥皂相似。
单宁——是引起血蛋白凝结的收敛性化合物。
微生物和矿物质——是各种代谢功能所需要的物质，但他们不像酵素，并不是催化剂。

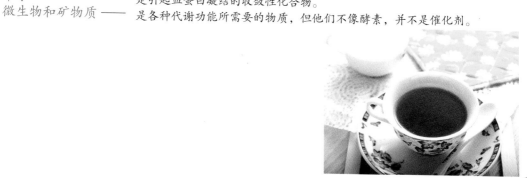

橄榄番茄酱拌蛤蜊

食材

大蒜 2 瓣
柠檬 1/4 个
小红洋葱 1 个

调味料

番茄 2 个
白酒醋 2 小匙
橄榄油 1/2 杯
番茄酸味酱（1 人份）
葱末适量
白酒 1 大匙
蛤蜊 600 克

做法

1. 洋葱去皮、切小丁；大蒜去皮、切末；番茄洗净、去蒂、切小丁备用。
2. 锅中倒入橄榄油烧热，爆香洋葱及葱末，加入白醋酒，挤入柠檬汁，加入剩余材料，以中小火煮滚后，熄火，即可起锅做成橄榄番茄酱。
3. 蛤蜊泡水冲，充分吐沙后，捞出备用。
4. 锅中倒入半锅水煮滚，加入白酒及蛤蜊，煮至蛤蜊壳开，捞起、沥干水分。
5. 将蛤蜊盛盘，将入橄榄番茄酸味酱快速翻炒数下，捞出，盛盘即可食用。

营养DATA

蛤蜊

蛤蜊含有大量的铬，铬为构成胰岛素的必要元素，被认为是重要的葡萄糖耐受因子，可提高胰岛素的活动，增加活力。

凉拌青木瓜

食材

青木瓜 40 克
蕃茄 20 克
虾米 5 克
花生米 10 克
蒜头 10 克（约 2 瓣）
姜末、辣椒末、香菜末各少许

调味料

鱼露 1/2 大匙
柠檬汁 2 大匙
糖 1/2 小匙

做法

1. 青木瓜去皮及籽，切细丝，蕃茄切片、虾米洗净泡软；花生米烤过备用。

2. 将青木瓜丝以外的材料与调味料放入大碗中，用木棍敲打舂碎，再将青木瓜丝加入继续舂至材料均匀即可。

Tips 烹煮小秘诀

事先浸泡，虾米好气味

虾米属于干货的一种，使用前不但要泡水，且中途要多更换几次水，以便把依附在表面的添加物及腥味去除，增添虾米本身的鲜味。此外，使用椿杵敲打碎裂，能让香气及辛香味完全释放。

营养 DATA

花生

花生俗称"长生果"，含有丰富维生素 E、纤维质、蛋白质、矿物质（钙、铜、铁、镁、锌）及维生素等营养素仁富含蛋白质、脂肪及磷质等。就医学观点来看，花生甘温养胃、调气耐饥、润肺补脾，特别有利于治疗贫血、营养不良、脚气、水肿等症状，均可用花生作食疗。

麻辣章鱼

材料	美白	抗氧化	纤体
人份 1	★★★	★★	★★★★

食材

章鱼 85 克
小黄瓜 50 克

调味料

巴西里末 1 小匙
香油 1/4 小匙
乌醋 1/2 小匙
蒜泥 1/4 小匙
盐 1/2 迷你匙
红辣椒末、胡椒粉适量

做法

1. 将章鱼身体部分的内脏拿掉，用大量的盐水揉洗至出泡后，再用清水洗净。
2. 足部朝下，放入大量滚水中煮至整只章鱼转红后熄火。
3. 待凉后取出章鱼，以擀面棍敲打一下，与小黄瓜同切小滚刀块，再拌入调味料即可。

Tips
烹煮小秘诀

略作敲打，章鱼更香 Q

以滚水汆烫章鱼后，可以用木棍均匀敲打在章鱼表面，将章鱼的纤维敲碎后吃起来较软、较脆，但千万不要用力过猛，否则很容易在章鱼表面留下坑坑疤疤，破坏美观。

营养 DATA

辣椒

辣椒种类繁多，不论是外形细小，呈鲜红色的朝天椒，或者是红辣椒，都是味道辛辣又强烈，加入料理中，可以提味增香，此外，辣椒含辣椒素，具有提升代谢率之作用，因此有人把它当成减肥食品。吃辣椒能促进新陈代谢，增加热量的消耗。根据研究显示，辣椒素能刺激肾上腺素的分泌，使新陈代谢速率提升，减少脂肪的堆积。另外，辣椒里的辣椒素具有减少血小板黏性、降低血液黏滞的功能。辣椒含丰富维生素 C 与维生素 P，亦扮演了抗氧化剂的角色，可以保护心血管细胞的健康。

芥菜拌纳豆

食材
纳豆 20 克
小芥菜 60 克

调味料
酱油 1 小匙
香油 1/4 小匙

做法
1. 将纳豆充分搅拌出黏性。
2. 小芥菜洗净，快速地汆烫一下后切细碎并放凉。
3. 加入做法1及调味料，拌匀即可。

Tips 烹煮小秘诀

纳豆菌丝，营养所在地
纳豆可说是日本最具有民族特色的传统食物之一，市售纳豆通常以小保丽龙包裹，打开盖子后，里面附有芥末跟酱汁，由于富含纳豆菌，因此搅拌时会出现黏稠的丝状，可千万不要被它不甚美味的味道给蒙骗，以为发酸而丢掉，它的高蛋白低脂肪成分，可是确保健康的最佳保证。

营养DATA

纳豆
纳豆是大豆经枯草杆菌发酵而成，是在蒸煮过的黄豆中加进Natto菌，经过发酵后的日本传统食品。Natto菌属于枯草菌的一种，枯草菌存活在土中、水稻根部、空气中。纳豆的黏状物质（纳豆酵素）近年来被认为具有溶解血栓的作用，但因不耐热，故不可高温处理。
纳豆最引人注目的成分是"纳豆激酶"（NattoKinase），这说明纳豆是一种天然的抗生物质。因此，日本人认为常吃纳豆对引起血管心肌梗塞的血栓有引力的溶解作用。

三色泡菜

食材

白萝卜 60 克
胡萝卜 30 克
小黄瓜 20 克
嫩姜 10 克

调味料

白醋 1 大匙
盐 1 小匙
糖 1 小匙

做法

1. 白萝卜、胡萝卜均去皮，小黄瓜洗净，均切成菱形丁状，并用盐抓一下，待出水后，用冷开水洗去盐分并彻底沥干。

2. 将调味料加入拌匀，腌渍约 3～4 小时，期间需要翻动多次使其均匀入味即可。

Tips 烹煮小秘诀

用盐抓拌，杀菌又美味

制作泡菜最基本的方法，是直接将盐拌匀在食中，让盐分渗入食材中，造成食物脱水、变软，并且达到杀菌效果，由于盐渍时会造成食材内部释出苦水，味道有一点苦涩，因此腌好的食物若要制作成腌泡菜之前，一定要先用清水将表面多余的盐分冲洗掉，才不会有苦味。

营养 DATA

柠檬

柠檬原产于2500多年前的亚洲热带地区，是一种碱性水果。在100克的柠檬中，含有90毫克的维生素C，使得柠檬几乎成为维生素C代表。柠檬酸来自橘酸，橘酸可以预防体内的疲劳物质（累积在肌肉中的乳酸）增加，并将肥肉和碳水化合物转化成能量，是对付疲劳的最佳武器喔！

不过要提醒你的是，含有柠檬酸的水果固然对人体有一定正面的影响，但也会造成稀释血液的不良后果，因此吃的时候，不得过量。

凉拌海蜇皮

材料	美白	抗氧化	纤体
1 人份	★	★★	★★★

食材

海蜇皮 50 克
小黄瓜 35 克
胡萝卜 15 克

调味料

醋 1 小匙
盐 1/4 迷你匙
香油 1/2 小匙

做法

1. 小黄瓜洗净、胡萝卜去皮，均切丝。

2. 海蜇皮洗去上面沙子，放在水中浸泡 1 小时左右。再用滚水迅速解散，放在水中浸泡 1 天，中途需换水约 4～5 次，每次换水都要重新揉洗一遍。

3. 小黄瓜及红萝卜放入少许盐腌约 10 分钟，冲水后沥干，然后将所有材料加入调味料拌匀即可。

Tips 烹煮小秘诀

先烫再冰，口感更脆嫩

海蜇皮的泡发程度会直接影响口感，因此泡发时要先将海蜇皮用冷水搓洗洗净，除去表面泥沙，尤其要注意海蜇头的皱折处隐藏的泥沙很多，要多洗几遍，然后用冷水浸泡，烫海蜇皮时水温不能过高，大约以 70℃的水过一下，立即放入冷水中冷却，这样海蜇不但充分涨发，口感上更是脆嫩无比。

营养 DATA

海蜇皮

海蜇皮的主要成分为蛋白质（胶原蛋白），含量高达百分之七十，并且不含胆固醇与饱和脂肪酸，中医认为它有清胃、润肠、化痰、平喘、消炎、降压等功用，实在是一道营养价值很高的水产食品。

海蜇皮的营养极为丰富，尤其是脂肪含量极低，蛋白质和无机盐类等含量丰富，是肉类中低普林族的食物，因此是高尿酸及预防肥胖者最佳食物选择。

蔬菜沙拉

材料	美白	抗氧化	纤体
1人份	★★★	★★★	★★★

食材
西兰花 50 克
西洋芹 30 克
结球莴苣 20 克
小番茄 35 克

调味料
美乃滋 1 小匙
低脂鲜奶 25cc

做法
1. 小番茄洗净、对切；西兰花烫熟，捞出冲冷水，沥干；西洋芹切成易入口之长条状备用。
2. 将美乃滋及低脂鲜奶拌匀，做成沙拉酱。
3. 将所有材料混合，淋上做法 2 之沙拉酱即可。

Tips 烹煮小秘诀

多种营养，防癌小尖兵
西兰花中的营养成分高而且全面，近来又发现其因为所含的硫葡萄糖而具有很强的抗癌作用，据说长期食用可减少乳腺癌、直肠癌和胃癌等癌症的发病几率。

营养 DATA

西兰花

西兰花含有蛋白质、糖类、萝卜硫素、β胡萝卜素、维生素及叶酸等等，近年来被发现有许多的抗病成分，可防癌、预防心脏病并增强人体的免疫力，新鲜的西兰花应以花球紧密，整株翠绿无虫蛀为采买首选，烹煮前，应先用加盐的滚水烫一下，不仅能保持翠绿的颜色，也能去除一些涩味。

吃生菜沙拉时常会不自觉地多淋一些沙拉酱，但沙拉酱是油脂类，需体重控制的朋友不妨将美乃滋加些低脂鲜奶，除了增加量以外还多了营养。

油醋拌甜椒

材料	美白	抗氧化	纤体
1人份	★★★	★★★	★★

食材

黄甜椒 60 克
红甜椒 60 克

调味料

橄榄油 1 小匙
白醋（苹果醋）
1/2 大匙
柠檬汁 1 小匙
胡椒粉少许

做法

1. 甜椒洗净，去蒂及籽，切成细条状。
2. 将调味料拌匀后淋在甜椒丝上即可。

Tips 烹煮小秘诀

生食甜椒，营养百分百

甜椒是维生素 C 最佳的天然来源之一，并含有 β 胡萝卜素、类胡萝卜素、蛋白质、维生素等，可以预防冠状动脉疾病、感冒，选购甜椒以表皮带有光泽，大小均匀且无虫蛀的为佳，料理甜椒要去蒂及籽，拌炒或做成生菜沙拉都很适合。
甜椒中含有丰富的矽元素，经常食用可活化细胞组织功能，促进新陈代谢，使皮肤光滑柔嫩，对于强化指甲和滋养发根，有一定的功效。

营养 DATA

甜椒

甜椒于市场中常见的有红、黄两种。甜椒富含维生素 B_1、B_6、C、β 胡萝卜素、生物类黄酮、烟碱酸、叶酸，坊间通称甜椒与辣椒为"番椒"。维生素 C 对皮肤、韧带、骨骼的健康有着很大的影响；β 胡萝卜素，是一种抗氧化剂，其中，红甜椒所含的维生素 C 是柑橘的 3 倍；维生素 B_6 对忧郁症有效，能提高行动意愿。

乳味沙拉

食材

生菜 50 克
番茄 1 个
乳酪 1 片
蛋 1 个
虾 10 尾
苜蓿 10 克
橄榄适量

调味料

日式和风酱少许

做法

1. 生菜洗净、剥小片；番茄洗净、切块；橄榄洗净、去子、对切均备用。
2. 虾子洗净，放入滚水中烫熟；鸡蛋煮熟、剥壳、切丁；乳酪及熏鸡肉均切丝备用。
3. 先将生菜叶片铺于盘底，再依序摆上番茄块、乳酪丝、虾子、鸡蛋丁、苜蓿芽，最后淋上和风酱即可食用。

营养 DATA

乳酪（Cheese）

是音译名称，又被称为干酪。乳酪的种类很多，各国还有其特殊风味的口味。全球有数 种不同种类的乳酪，颜色、风味与脂肪热量都不同。

姬醋凉笋

材料	美白	抗氧化	纤体
1 人份	★	★★	★★★

食材

沙拉笋 200 克

调味料

沙拉酱 1 小匙
梅肉 2 小匙

做法

1. 将梅肉磨碎，再加入沙拉酱拌匀备用。
2. 沙拉笋切成滚刀块，盛盘、淋上做法1的梅肉沙拉酱即成。

Tips 烹煮小秘诀

梅肉磨碎，完美 MIX

其实这道菜好吃的地方就在于梅肉泥与沙拉酱之间做最完美、最无间隙的结合，好吃的诀窍就是一入口，分不出是沙拉还是梅肉，只觉滑嫩浓郁与酸酸甜甜的美味，一下充斥其中，因此要做到两者完美 MIX，梅肉一定要磨得够碎，才能将风味完全呈现。

另外在煮竹笋时，在水中加一小撮米同煮，可以保有竹笋的美味。

营养DATA

梅子

梅子是极优良的碱性环保食品，人的体质以中至微碱性为最健康，现代人多肉少菜，而肉类属酸性，长期下来会造成体质酸性化，进而影响健康，常见的有高血压、肝病、肾脏病、痛风、糖尿病及钙质吸收不良所引起的骨质疏松症。多吃梅子，可有效地中和酸性食品，防止体质酸化，更可预防因酸性体质引发的各种疾病。这也是日本人饮食习惯中特别钟爱梅子制品的原因。

果香茄片冷盘

材料	美白	抗氧化	纤体
1 人份	★★★	★★★	★★

食材

番茄 1 个
白山药 1/3 支
乳酪片 3 片

调味料

A 料：
猕猴桃丁 1 个
酸奶 2 大匙
蜂蜜 1 大匙

做法

1. 番茄洗净，去蒂；白山药去皮，均切成半月形状。
2. 乳酪片用压模压成圆片状，再对切成两半。
3. 将 A 料放入果汁机中充分搅打均匀。
4. 最后将所有材料排入盘中，淋上 A 料即可食用。

Tips 刀工小秘诀

半圆形薄片切法

❶ 番茄洗净后，去除蒂头，刀与番茄呈现垂直，由上而下直切番茄，一分为二。

❷ 切面向下，再均切成薄片，让每一片呈现半月形状，另一半依序切完即可。

营养 DATA

猕猴桃

猕猴桃果实呈蛋形，表皮有毛；含糖量为百分之十左右，可以作为沙拉的配料。青透的绿色果肉含有丰富的维生素 C。一个猕猴桃可以提供给成人一天所需的维生素 C，这种维生素对创伤愈合、保持免疫系统功能十分重要；猕猴桃另外还含有钾，对维持正常血压有着很大的功用呢。

迷迭香酸奶小黄瓜

材料	美白	抗氧化	纤体
1 人份	★★★	★★	★★★

食材

小黄瓜 1.5 条
新鲜迷迭香 2 支
水煮蛋 1/2 个
小番茄 4 个

调味料

A 料：
酸奶 2 大匙
美乃滋 3 大匙
蜂蜜 1/2 大匙

做法

1. 小黄瓜洗净，去除头尾，切成小口块。
2. 迷迭香去除茎部，留下叶片备用。
3. 水煮蛋切块状；小番茄洗净，对切一半备用。
4. 全部材料加入 A 料拌匀即可食用。

Tips 刀工小秘诀

轮切法

① 小黄瓜洗净后，平放，以刀与小黄瓜成直角切下，距离约为 2 公分。

② 重复以上动作，将整条小黄瓜切完即可。

营养 DATA

酸奶

酸奶对很多正在减肥的女性来说，根本把它当成一个必备的工具食材，常把酸奶代替牛奶或是其他食物。酸奶吃进肚子之后，就会有饱胀感，为了迎合市场，市售的酸奶有很多口味供大众选择。

酸奶的制作方式，是在凝结的牛乳中加入乳酸菌。酸奶可以单独食用，但是通常会添加一点水果或蜂蜜以增添风味。

小黄瓜腐乳肉片

材料	美白	抗氧化	纤体
1 人份	★★	★	★★

食材

小黄瓜 1 条
三层肉 150 克
西生菜 2 片
柴鱼片 10 克
葱段 1 支
姜末 1 小匙
米酒 1 大匙

调味料

豆腐乳泥 2 块
酱油 1 小匙
糖 1 大匙
白醋 1/2 大匙

做法

1. 小黄瓜洗净，去头尾；与三层肉均切成薄片，放入滚水中加入米酒一起氽烫，捞出、沥干水分备用。

2. 锅中倒入适量的油烧热，放入姜末、葱段爆香，再加入西生菜略炒。

3. 加入三层肉及调味料拌炒均匀，最后加入小黄瓜片以大火炒匀，捞出、盛盘，撒上柴鱼片即可。

Tips 刀工小秘诀

椭圆形薄片切法

1 小黄瓜须横放，以刀与小黄瓜呈现 90 度角切下。

2 依序将整条小黄瓜均切成厚丝 0.3 公分的斜片即可。

营养DATA

猪肉

猪肉含丰富的维生素B₁、维生素B₂、烟碱酸和高质蛋白质，是维持人体健康很好的食物。其中所含维生素B₁、B6和E能增进脑力；另外维生素B₁能协助供应营养给神经细胞，可以防止疲劳。排骨指的是猪的前半段部位，通常可以一整块贩卖，也可切成一块一块的小排骨出售，适合烧烤、煮汤、油炸。

棒棒鸡丝

材料	美白	抗氧化	纤体
1 人份	★	★★	★★★

食材

粉皮1张
小黄瓜 2/3 条
鸡胸肉 1/2 个
葱段1支
姜片 3 片
米酒1大匙
盐 2 小匙

调味料

芝麻酱 3 大匙
味噌1大匙
酱油 1.5 大匙
糖 2 小匙
香油1小匙

做法

1. 小黄瓜洗净，去头尾，切丝；调味料拌匀作成酱汁备用。

2. 取一只锅子加入清水煮滚，放入葱段、姜片及米酒煮沸后，再加入鸡胸肉以大火煮滚；改小火续煮至熟，捞出，待凉后撕成丝状备用。

3. 粉皮放入滚水中汆烫，捞出并尽快泡入冷开水中冰镇片刻，捞起、切丝备用。

4. 最后将粉丝皮、鸡丝及小黄瓜丝依序排入盘中，淋上酱汁即可。

Tips 刀工小秘诀

细丝切法

① 小黄瓜洗净，去除头尾，约从6公分处先切下一刀。

② 将小黄瓜平放，再均切成薄片状。

③ 切成薄片状的小黄瓜再切细丝状，亦可叠起其中数片，再均切成细丝状即可。

营养DATA

鸡肉

鸡肉脂肪含量低，且所含的脂肪多为不饱和脂肪酸，为小儿、中老年人、心血管疾病患者、病中病后虚弱者理想的蛋白质食品之一。

块拌虾卵

材料	美白	抗氧化	纤体
2 人份	★★	★★	★★

食材

小黄瓜 2/3 条
玉米笋 1 支
小番茄 4 粒
虾卵 1 大匙
蒜头末、洋葱末各 1 小匙
辣椒片 1 支

调味料

橄榄油 2 大匙
白醋、糖各 1 大匙
味精各 2 小匙

做法

1. 小黄瓜洗净，去头尾，切滚刀块；小番茄洗净、切半；玉米笋洗净、切斜段，全部放入滚水中汆烫，捞起、沥干备用。

2. 取一只大碗，倒入调味料拌匀，再将全部材料放入一起拌匀即可。

Tips 刀工小秘诀

滚刀块切法

1. 以刀与茄子成 30 度角切下，从上一刀之切面下刀。

2. 让成品呈现四面为长形三角滚刀切面。

营养 DATA

小黄瓜

小黄瓜含有丰富的水分及钾，热量低且能调节生理机能，常吃黄瓜，具有清热、解暑、利尿等功效，且因富含丰富的维生素 C，对于养颜、美容的效果，可说是一级棒。事实上，小黄瓜对于人体的减重效果与对身体健康的贡献，绝对可以让你为它拍拍手，"叫它第一名"。

多水分、清凉、甜脆的口感，还具有清热解毒的功能，更重要的是，100 克的小黄瓜，只有大约 15 卡的热量，如果学会将小黄瓜从餐桌上的配角变成主角，那么想瘦身成功，一点也不是梦想。

噌拌黄瓜

食材

小黄瓜 1.5 条
盐 1 小匙
蒜末 1 小匙
姜末 1/2 小匙
辣椒片 1 支

调味料

味噌 1 大匙
酱油、糖、香油、
盐各 1/2 大匙

做法

1. 小黄瓜洗净、去头尾、切长菱形状，加入盐腌一下，以冷开水冲过、捞起沥干备用。
2. 调味酱拌匀后，放入蒜末、姜末、辣椒片及小黄瓜再次拌匀，放入冰箱待至入味即可食用。

 刀工小秘诀

长菱形片切法

1. 小黄瓜去头尾，直切一刀。

2. 将小黄瓜平放，再均切成四等份，横切去籽，用直刀斜切方式，45 度角切入，即成菱形片，依序完成其他食材即可。

营养 DATA

味噌

味噌以黄豆、米或大麦为原料，添加盐、水及曲菌，经发酵而成的调味料，主要组成包括蛋白质、油、糖、粗纤维 3.2%、灰分 12.9%、盐分 10.9%、铁、钙、锌、维生素 B_1、B_2 等。日本广岛大学研究指出，常吃味噌能预防肝癌、胃癌和大肠癌。此外，味噌能降低血液中的胆固醇和脂肪的堆积，改善便秘、预防高血压、糖尿病。

味黄瓜卷

材料	美白	抗氧化	纤体
1 人份	★★	★★	★

食材

小黄瓜 1 条
姜丝 5 片
红辣椒丝 1 支
柴鱼片 1 大匙

调味料

酱油膏 2 大匙
糖 1/2 大匙
香油 1 小匙
辣椒酱、辣油各 1 大匙

做法

1. 小黄瓜洗净、去除头尾、切长薄片状；调味料拌匀备用。
2. 取一片小黄瓜包入姜丝、红辣椒丝卷起，一一包卷后排盘，淋上做法 1 的酱汁，撒上柴鱼片即可。

Tips 刀工小秘诀

长薄片切法

① 小黄瓜洗净，去除头尾，约取 7～8 公分长下刀取段。

② 小黄瓜横放，一手按压，一手将刀身平放，由小黄瓜外围切入后，平移运行再滚材料，边削边滚动。

营养 DATA

姜

姜属于姜科植物，姜的根茎部分，除了作为一般做菜时的配菜外，还可以入药。从姜根分离出的生姜醇和姜烯酚，用在动物实验中，具有止吐效果，它的成分含维生素A、C很丰富，把生姜用在作烹饪上，可加强消化力，此外，姜有消除胀气、舒解消化不良的功效。

炸酱面

材料	美白	抗氧化	纤体
1 人份	★★	★★	★

食材

面条 200 克

调味料

炸酱（1 杯份量）：
洋葱 1/2 个
毛豆、虾米各 1 大匙
豆干 100 克
小黄瓜 1 支
五花猪绞肉 100 克
糖、酱油各 1 大匙
水 3 大匙
甜面酱 2 大匙
太白粉水适量

做法

1. 豆干、洋葱切丁；小黄瓜洗净、切丁；虾米泡水备用。
2. 毛豆放入滚水中烫煮一下，捞出。
3. 热油锅，放入虾米爆香；加入洋葱丁及绞肉拌炒至逸出香味，加入豆干丁续炒至绞肉呈半熟状态。
4. 加入毛豆、小黄瓜及甜面酱、酱油、糖、水一起煮 3 分钟，再用太白粉水勾芡即完成炸酱。
5. 取一只锅子加入适量清水煮开，待水煮开后放入面条煮熟。（以筷子搅拌，以免面条重叠，影响煮出来的口感。）
6. 水煮滚后加入冷水再次煮滚，以上动作重复三次后，捞出面条。
7. 把煮熟的面条放入碗中，加入炸酱并拌匀，让炸酱均匀地布满面条即可。

花菜鲔鱼玉米酱

食材
西兰花 200 克
玉米粒 1 大匙
鲔鱼罐 1.5 大匙
凤梨片 6 片

调味料
盐 1 小匙
胡椒粉 1/2 小匙

做法
1. 西兰花切成薄片状，与玉米粒分别汆烫，捞起沥干备用。
2. 全部材料放入容器中，撒上调味料拌匀即可盛盘。

Tips 刀工小秘诀

朵状切法

1 西兰花洗净后，一手持刀将花穗一一切割取下。

2 取下的大花穗，再一一均匀片成薄片状。

营养 DATA

鲔鱼

鲔鱼含高质蛋白质、多元不饱和脂肪酸、钙、磷、铁、钾，维生素 A、B₁、B₂、E，烟碱酸、EPA、DHA 和牛磺酸，是一种高蛋白、低脂肪、低热量之健康美容食品。含丰富之蛋氨酸及胱氨酸，能增强肝脏功能；高量牛磺酸，更可降低血压及血中的胆固醇，有效防止动脉硬化。

油辣味西兰花

食材

西兰花茎部 2 支
盐 1 小匙
葱末、蒜头末各 1/3 小匙
辣椒片 1 支

调味料

辣椒酱 1/2 大匙
辣油 1 大匙
糖 2 小匙
白醋 1 小匙

做法

1. 将西兰花茎部修切成片状，加盐抓腌一下，再以冷开水冲去多余盐分、沥干备用。

2. 取一只大碗，放入西兰花及其他材料与调味料，充分拌匀后即可盛盘。

Tips 刀工小秘诀

茎切片法

① 取西兰花茎部，修去四边粗纤维及外皮部分。

② 放平，对切、剖半。

③ 再切成 4 等份。

④ 每一等份，均切成厚度约 0.2 公分的片状。

什锦沙拉塔

食材

芦笋、玉米笋各3支
红、白萝卜各1/3支
西洋芹1支

调味料

美乃滋适量

做法

1. 将芦笋、玉米笋均对切；红、白萝卜去皮，与西洋芹均切成长条状备用。
2. 所有材料均放入滚水中汆烫，捞出，泡入冰开水中冰镇片刻，捞出沥干备用。
3. 将食材排入盘中堆成塔状，最后挤上美乃滋即可。

Tips 刀工小秘诀

对半纵切法

❶ 芦笋去除尾部一小段，削除表面的粗纤维。

❷ 取一半处，入刀对切一半，再依序完成其他即可。

营养 DATA

玉米笋

玉米笋的食用部位为籽粒尚未隆起的幼嫩果穗，营养丰富。鲜玉米笋中含蛋白质、糖、脂肪、维生素 B_1、维生素 B_2、维生素 C、铁、磷、钙；另外，还含有多种人体必需的氨基酸。玉米笋与甜玉米不同的是玉米笋是连籽带穗一同食用，而甜玉米只食嫩籽不吃其穗。

鲜虾沙拉

材料	美白	抗氧化	纤体
2 人份	★★	★★★	★

食材

虾子 10 尾
芦笋 3 支
苜宿芽 10 克
洋葱 10 克

调味料

黑芝麻 1/2 小匙
和风沙拉酱适量

做法

1. 将虾子洗净，放入滚水中烫熟、捞出去壳备用。
2. 洋葱洗净、去皮、切成丝，泡于冷开水中约 3 小时。
3. 芦笋洗净、去皮、切段；苜宿芽洗净、捞出、沥干备用。
4. 所有材料排盘，淋上和风沙拉酱，最后撒上黑芝麻即可。

营养 DATA

虾子

虾子营养价值丰富，含蛋白质、脂肪、微量元素（磷、锌、钙、铁、钾、碘、镁等）和氨基酸，另外还含有荷尔蒙，有助于补肾壮阳。虾中所含锌可增强人体抵抗力；研究显示锌可增加T细胞，有助于抵抗感染、预防感冒。

橙汁拌萝卜

材料	美白	抗氧化	纤体
1 人份	★★	★★	★★★

食材

白萝卜 1/2 条
柳橙 1 粒

调味料

盐、蜂蜜各 1 大匙
原味酸奶 2 大匙

做法

1. 将柳橙去皮、取果肉、切成大粒状。
2. 白萝卜切丁状，用盐腌抓一下；待出水后，泡入冰开水中冲去多余盐分，捞起沥干备用。
3. 将柳橙果肉和萝卜丁一同放入大碗，并加入调味料拌匀即可。
4. 放入冰箱中冰镇后食用，风味更佳。

Tips 刀工小秘诀

切丁法

① 将白萝卜均匀切成约 9 公分的长厚片。

② 再将厚片均切成长宽约 0.5 公分的丁状。

营养 DATA

柳橙

一看到金黄色的柳橙，心里第一个想到的就是它富含维生素 C。不过还真的有不少人是借由吃柳橙，来获得足够的维生素 C。根据统计，一个成年人一天所需的维生素 C，约只要一个中等大小的柳橙就可以获得。维生素 C 对皮肤健康十分重要，还能提高身体抵抗细菌感染的能力。

开胃泡菜

食材

萝卜 1/3 条
白芝麻 1 小匙

调味料

盐、辣椒酱、辣油各
1 大匙
糖 1/2 大匙
香油、白醋各 1 小匙

做法

1. 白萝卜洗净、去皮切成菱形丁状；用盐腌抓一下，待出水后，冲冷开水去除盐分、沥干备用。

2. 白萝卜丁加调味拌匀，装盘时撒上白芝麻即可。

 刀工小秘诀

菱形丁切法

 1 白萝卜切成 0.5 公分之条状。

 2 再横放切成约 0.5 公分之菱形丁。

营养 DATA

萝卜

萝卜是主要的根茎菜，常见有白萝卜、红萝卜。主要成分为水，含热量低。白萝卜在很多国家都有栽种，通常在春季时味道最好，但其实全年都可以买到，主要做为沙拉使用。萝卜所含的纤维能通便，并有预防直肠癌、结肠癌的作用。萝卜并含有对皮肤和组织保健十分重要的维生素C，还含有淀粉酶，有助肠胃消化。

腌渍大头菜

食材

大头菜 1/2 个
蒜末、红辣椒末各
1/2 小匙
盐 1/2 大匙

调味料

盐、鸡粉各 1/2 小匙
糖 3 小匙
香油 1 大匙

做法

1. 大头菜洗净、去皮，切成菱形丁状；加入盐略微抓拌一下，放入冷开水中冲去盐分，捞起沥干备用。

2. 加入蒜末、红辣椒末及调味料拌匀，移入冰箱中冷藏至入味即可取出食用。

Tips 刀工小秘诀

菱形片切法

1. 大头菜去头尾，切成 0.6 公分宽的厚片，再改切成 0.5 公分宽的条状。

2. 取其中一条，用直刀斜切方式，45 度角切入，即成菱形片，依序完成其他即可。

营养 DATA

大头菜

别名"芜菁"，富含糖质、纤维、灰质、钙、磷、铁，维生素 A、C、B_1、B_2，蛋白质、脂肪。尤其是外皮所含的维生素 C 特别丰富，是瘦身、美白的最佳圣品。具有健脾消积，改善饮食不振与肠胃症状不良的食疗效果。

鱼柳橙盅

食材

柳橙 1 个
鲑鱼 120 公克
芦笋 2 支
苜蓿芽 1/2 杯

调味料

米酒 2 小匙
洋葱末、盐各 2 小匙
胡椒粉 1/3 小匙

做法

1. 柳橙洗净、挖空，取出果肉切小丁备用；芦笋以滚水烫熟，捞出；苜蓿芽洗净，排入盘中。
2. 鲑鱼切成小丁，拌入调味料及柳橙果肉。
3. 最后放入柳橙盅内，并以芦笋装饰即可。

Tips 刀工小秘诀

盅型切法

① 柳橙在蒂头 1/4 处切下。

② 挖除果肉即成。

营养 DATA

鲑鱼

鲑鱼含有丰富的蛋白质、多元不饱和脂肪酸 EPA 和 DHA，胡萝卜素、维生素 B_1、B_2，铁、钙、磷等。EPA 可防止血栓、改善高血压及低血压、降低胆固醇、减少中性脂肪、增加血小板变形能力和抑制癌细胞增长。DHA 在营养的表现上，可强化记忆学习能力，促进胎儿及婴幼儿的脑神经、网膜的发育。

马铃薯蛋沙拉

食材

马铃薯、水煮蛋各1粒
玉米粒、青豆仁、
红萝卜小丁各1小匙
葡萄干 2 小匙
美乃滋 2/3 杯

调味料

盐 1/2 小匙
胡椒粉 1/2 小匙

做法

1. 将马铃薯蒸熟、待凉压成泥状；水煮蛋切块备用。
2. 三色蔬菜放入滚水烫一下即捞起，沥干、放凉。
3. 将所有材料一同放入大碗中拌匀即可食用。

Tips 刀工小秘诀

压泥法

1. 在马铃薯上端划上十字刀，煮熟或蒸熟后取出，轻轻剥除外皮。

2. 以刀背压成泥状即可。

营养 DATA

葡萄干

葡萄干所含矿物质以"钾"的含量最多，因此也算是一种"碱性食物"。钾与正常的心跳及肌肉收缩有关，并能与钠合作，控制体内的平衡，协助稳定血压及正常的神经传导。如果饮食中钠多钾少，有可能使血压不稳。葡萄干是脱水葡萄的一种，也是最受消费者欢迎的一种，不但可以作为零食，也可以当做装饰用。

凉拌苦瓜

材料	美白	抗氧化	纤体
1 人份	★★	★★★	★

食材

苦瓜 1/2 个
小鱼干 200 克
红辣椒 5 克

调味料

盐少许
香油少许
糖 1 小匙
醋 2 小匙
鱼露 2 小匙

做法

1. 小鱼干先用热水泡软，沥干水分备用。
2. 苦瓜去籽及膜、切片，加盐抓拌去水。
3. 红辣椒去蒂及籽、切小丁备用。
4. 将小鱼干、苦瓜片、辣椒丁拌匀后，加入香油、糖、醋及鱼露混合均匀即可。

营养DATA

苦瓜

苦瓜含有丰富维生素B₁、B₂、C及钾。维生素B₁、B₂，可促进糖类代谢；维生素C可防止活性氧的伤害，保护血管预防血栓；钾更能使血压稳定。

乳酪西兰花

材料	美白	抗氧化	纤体
1人份	★★	★★★★	★★

食材

绿西兰花1朵（约225克）
盐少许

调味料

热乳酪酱（1人份）
乳酪适量
面粉2大匙
牛奶425cc
乳酪粉225克

做法

1. 西兰花洗净，削去外层纤维，切小块；将西兰花放入锅中加盐并以中火煮熟，捞出备用。
2. 另取一只锅子，放入牛奶及面粉，以中小火慢慢加热。
3. 一边加热、一边搅拌至面粉完全与牛奶相溶。
4. 再加入乳酪粉拌至完全溶解没有颗粒，即可加入乳酪丝调味，做成热乳酪酱。
5. 将热乳酪酱淋在西兰花上即可食用。

爱味沙拉

食材

柴鱼片 1/2 杯
韭菜花 1/2 斤

调味料

盐 2 小匙
黑芝麻 1/3 小匙
和风酱 2 大匙

做法

1. 韭菜洗净；放入滚水中汆烫约 20 ～ 30 秒后立即捞起; 放入冷水中, 待变凉后, 捞起、沥干水分。

2. 将韭菜切成易入口的长段排入盘中。

3. 最后将所有的调味料拌匀做成酱汁, 淋在韭菜段上, 洒上柴鱼片即可。

Tips 烹煮小秘诀

先行冰镇，鲜绿又美味

韭菜花含有丰富的多种维生素、钙、铁及蛋白质，盛产在夏、秋两季，采买时宜选花茎及花梗色泽翠绿，花苞紧密未开者才比较新鲜。韭菜花纤维质较粗，不易下咽，料理时最好事先切除，汆烫后以冷水浸泡一下，即可保持翠绿的外观及爽脆的口感。

营养DATA

韭菜

韭菜又叫壮阳草、起阳韭，人称其为蔬菜中的"威而刚"。初春大地仍有寒气，而韭菜有"温暖"的作用，这个时候吃韭菜有促进血液循环、增进体力、提高性欲等的功用。韭菜也适合大众食用，特别针对月经迟来、脾胃虚寒的人有益。

芝麻风味红萝卜丝

材料	美白	抗氧化	纤体
1 人份	★	★★	★★★★

食材

红萝卜丝 1/3 条
芝麻酱 3 大匙
香油 2 小匙
酱油 1 大匙
高汤 2 大匙
香菜少许

调味料

白芝麻 1/2 小匙

做法

1. 红萝卜去皮、切丝；泡入冰水中冰镇片刻，捞出沥干，排盘备用。
2. 将调味料拌匀做成酱汁备用；在排盘的红萝卜丝上洒上芝麻，并放上香菜。
3. 食用时蘸着酱汁即可。

Tips 刀工小秘诀

细丝切法

① 红萝卜去皮，取 8 公分长段，切除 4 边，再均匀切成薄片状。

② 最后均匀切成细丝状，亦可叠起其中数片，再均匀切成细丝状即可。

营养DATA

芝麻

芝麻含芝麻素，具有抗氧化的效果，可预防胆固醇的氧化。根据研究报告指出，一天吃 40 克的芝麻，能够降低人体血液中一成的胆固醇，并能有效延缓"低密度脂蛋白"氧化时间约 20%，就学理上来说，可以达到预防癌症的功效。

香料拌马铃薯

食材

带皮马铃薯 1 颗

调味料

匈牙利红椒粉 1/2 小匙
盐 1 小匙
胡椒粉 1 小匙
橄榄油 1/2 大匙
意大利香料 2 小匙

做法

1. 将马铃薯外皮洗净、连皮切成三角形滚刀，放入锅中煮熟，捞起沥干备用。
2. 将马铃薯块加入调味料拌匀，排盘后洒上匈牙利红椒粉即可。

Tips 刀工小秘诀

滚刀块切法

① 马铃薯连皮，对切一半，再对切一次，一分为四。

② 切面向下，再均切成滚刀小块即可。

营养DATA

马铃薯

标榜营养价值比苹果要高得多，其所含蛋白质与维生素 B_1 相当于苹果的十倍，脂肪是苹果的七倍，维生素 C 是苹果的三倍半，维生素 B_2 和铁质是苹果的三倍，磷是苹果的二倍，糖和钙质与苹果相当，只有胡萝卜素含量略低于苹果。

水果牛肉沙拉

材料 1 人份	美白 ★	抗氧化 ★★★	纤体 ★★

食材

菲力 100 克
小番茄 10 颗
狝猴桃 1 个
苹果 1/4 个

调味料

黑胡椒粒少许
盐少许
百里香粉 1 小匙
酱油 1 小匙

做法

1. 狝猴桃去皮、切丁；小番茄洗净、切半；苹果去皮、切丁均排盘备用。

2. 将牛肉用调味料腌拌均匀，放入冰箱中静置一夜，取出。

3. 腌渍好的牛肉放入已预热的烤箱中，以摄氏 200℃烤约 15 分钟。

4. 取出，放置 15 分钟，待温度略降后切薄片，排盘即可。

营养DATA

牛肉

牛肉含吸收率佳的血基质铁，搭配富含维生素 C 的彩椒，更可提升铁质之吸收。此外，牛肉还含有可预防味觉障碍及提升免疫力的锌，对健康是极有帮助的。

凉拌珊瑚草

材料	美白	抗氧化	纤体
1 人份	★	★★★	★★★

食材

珊瑚草 10 克
蒜末 1 大匙
香菜、辣椒各少许

调味料

味噌 1 小匙
香油、醋各 1/2 小匙
盐适量

做法

1. 将珊瑚草放入清水充分泡发、去除杂质。
2. 辣椒、香菜洗净，切碎备用。
3. 将已泡发的珊瑚草放入热水中烫熟、沥干水分。
4. 放入大碗中并加入所有调味料拌匀，洒上香菜末及辣椒末即可。

Tips 烹煮小秘诀

完全泡发，完整的美味

经干燥处理后的珊瑚草，在食用前须以清洗干净，再以冷水浸泡约 5～6 个小时，中途需 4～5 小时换一次水，浸泡至可食用程度后，可凉拌、可煮汤，口感一级棒，用不完的珊瑚草可放冰箱中冷藏，一周内食用完毕。

另外请记得依使用需求量，将干品珊瑚草酌量放入冷水中浸泡。因为只要发泡一点点，往往待它膨胀完全后，就会变成很多。

营养 DATA

珊瑚草

有"海底燕窝"之称的珊瑚草（又称珊瑚钙）是藻类的一种，含有丰富的水溶性膳食纤维，可以减少小肠对糖类及脂肪的吸收、延缓胃排空，进而控制饭后血糖上升之速度。珊瑚草在日本，多半应用于制造健康食品（胶囊及锭剂）及化妆品、食品原料中。由于含有丰富的钙、铁、胶质及高纤的天然有机植物，常食用对于患有宿便、高血压、肥胖者有相当的益处。

鸡丝拌银耳

材料	美白	抗氧化	纤体
1人份	★★★	★★★	★★

食材

银耳 10 克
鸡肉 100 克
胡萝卜 10 克
葱花 10 克

调味料

盐、醋各少许
糖适量

做法

1. 胡萝卜洗净、切丝备用。
2. 鸡肉洗净、以滚水汆烫，放凉，剥成鸡丝备用。
3. 银耳先用温水泡软、去蒂，再以滚水煮约10分钟，捞起、沥去水分备用。
4. 起油锅，先放入葱花爆香，再加入胡萝卜丝、鸡丝、糖、盐及醋略炒后盛盘备用。
5. 最后加入银耳拌匀即可盛盘食用。

营养 DATA

白木耳

白木耳系我国传统三大珍品之一，原产于深山枯木上，被视为一种王食品。白木耳别名银耳、雪耳、川耳，是一种珍贵的食用菌，含有十七种氨基酸、纤维素、无机盐、多种维生素等营养成分，含有丰富的磷，对大脑皮质和神经系统有调节作用。其含有的钾、钙对心肌维持正常收缩非常重要。

滑蛋嫩蕨叶

材料
1
人份

美白
★★

抗氧化
★★

纤体
★★★

食材

蕨叶1把
鸡蛋1个

做法

1. 将蕨叶洗净、切段备用。
2. 热油锅，放入蕨叶及盐拌炒均匀、盛盘。
3. 在排盘的蕨叶中间打入蛋黄，食用时将蛋黄拌匀即可。

营养DATA

鸡蛋

鸡蛋含有蛋白质、脂肪、多种矿物质及维生素，尤其蛋白质含量高，经常食用有补血、消热解毒、滋养强壮的功效。除了使用于一般主菜之外，更可以用于甜点中，可说是用途相当广泛的一个食材。

现代人所使用的鸡蛋大多来自畜养的母鸡，整个流程都受到卫生的检查监控。鸡蛋应存放于食物柜中，或放在室温下收藏。

番茄冷面

材料	美白	抗氧化	纤体
1.5 人份	★★	★★★	★★

食材

意大利面 500 克
盐、橄榄油各少许

调味料

橄榄番茄酱（1人份）
番茄 1 个
香菜 1 支
柠檬 1/8 个
蒜泥 1/2 小匙
橄榄油 1 大匙
洋葱丁、蒜末各 20 克
黑胡椒粉、墨西哥辣椒丁
各 1/2 小匙
盐 1/2 小匙
番茄酱 2/3 大匙
墨西哥辣椒水 1 小匙

做法

1. 洋葱去皮、切小丁；番茄洗净、去蒂及皮，切小丁；香菜洗净、切末备用。
2. 取一容器倒入橄榄油；接着加入蒜末及墨西哥辣椒丁，再倒入洋葱丁搅拌均匀，加入其他材料拌即可做成番茄红酱。
3. 取一深锅装约 2/3 锅的水，煮滚后加盐并放入意大利面条煮熟，捞起沥干水分。（可加橄榄油拌一拌，防面条黏住。）
4. 最后拌入橄榄番茄酱即可。

营养DATA

橄榄油

有"液体黄金"之称的橄榄油，富含维生素 E、A、D、K 及单元不饱和脂肪酸，其中单元不饱和脂肪酸的比例甚至达到约百分之七十七，是各种食用油当中最高的。它的优点是帮助消化，环地中海国家的人胆固醇比例与罹患心血管的比例明显较低，据说也跟常食用橄榄油有关。

西兰花培根意大利面

材料 1.5 人份 ｜ 美白 ★★ ｜ 抗氧化 ★★★ ｜ 纤体 ★★

食材

西兰花 200 克
培根 2 片
蛋汁 1 个
意大利面 2 杯
红萝卜末 1 小匙
洋葱末 2 小匙
红葱头末 1/2 小匙
鲜奶油 1/2 杯

调味料

盐 1.5 小匙
胡椒粉 1/2 小匙

做法

1. 意大利面放入滚水中煮熟，捞出，拌入少许橄榄油备用。
2. 西兰花切小朵，放入滚水中汆烫、捞出备用；培根切小条状备用。
3. 锅中倒入适量的油烧热，放入洋葱末及红葱头末炒至香味逸出，加入红萝卜末炒一下，再加入西兰花及意大利面，依序加入鲜奶油、蛋汁等煮熟入味，最后加入调味料拌匀即可捞出盛盘。

刀工小秘诀

小花穗切法

① 西兰花洗净后，一手持刀将花穗一一切割取下。

② 将取下的大花穗，再一一片成小花穗即可。

营养DATA

培根

培根是以猪的五花肉经腌渍、熏腌加热制造而成，带有特殊的风味，是千变万化的食材。五花肉含有丰富的维生素 B_6，主要的功能是代谢蛋白质。而蛋白质是由氨基酸所构成，这些氨基酸，有的可以在人体内转换合成，称为非必需氨基酸，维生素 B_6 的功能就是合成转换这些氨基酸。

芥末秋葵

材料	美白	抗氧化	纤体
1 人份	★★	★★★	★★★

食材

秋葵 5 支
葱丝 1 小把
白芝麻 1/2 小匙
柴鱼片 10 克

调味料

白萝卜泥 1/2 大匙
芥末、酱油各适量

做法

1. 秋葵洗净，切小块状备用。
2. 将调味料拌匀做成蘸酱备用。
3. 将秋葵块排盘，放上葱丝及柴鱼片，撒上白芝麻。
4. 食用时蘸拌匀的酱汁即可。

Tips 刀工小秘诀

小口片状切法

① 秋葵洗净，搓去表面绒毛，放平，去除头部。

② 斜切成约 0.3 公分之小口片状，再依序完成其他即可。

营养 DATA

秋葵

秋葵又名羊角豆，可食用的部分为果实，又可分为绿色及红色两种，因其鲜嫩多汁、滑润不腻、香味独特，吃起来很爽口。秋葵可以单独使用，为了去除秋葵的涩味，须先于沸水中氽烫，冰镇后拌点酱汁凉拌食用，风味奇佳。

香蕉薯泥

食材

香蕉1根
马铃薯1/2个

调味料

草莓酱少许

做法

1. 香蕉去皮，以汤匙捣成泥状。
2. 马铃薯洗净、去皮，放入电锅中蒸熟。
3. 将煮熟的马铃薯压成泥状，放凉备用。
4. 将香蕉泥与马铃薯泥充分混合后盛盘，最后淋上草莓酱即可食用。

营养DATA

香蕉

香蕉营养丰富，含粗纤维，维生素A、B₁、C，钾，钙，磷，铁。加上大量的水溶性纤维，搭配着足够的蔬菜及水分的摄取，可以增加粪便的体积与刺激便意，通便效果很好。另外香蕉所含高量的钾，对人体的钠具有抑制作用，有助降低血压，预防高血压和心血管疾病。

凉拌山药

 材料 1 人份　 美白 ★★★★　抗氧化 ★★　纤体 ★

食材

山药 1/2 根
海苔片 1 大片
芝麻粒少许

调味料

芥末少许

做法

1. 将山药洗净、去皮，切成易入口的小块状。
2. 将海苔片撕成细碎状，与山药块及芝麻粒一同拌匀即可。（务必要让每个山药块上，都均匀沾裹上海苔及芝麻。）

Tips 烹煮小秘诀

浸泡冷水，山药不氧化

山药去皮后容易氧化变黑，因此建议大家在削去山药的外皮之后，要立即将它浸泡在冷水当中，一方面避免发黑，影响菜相，另外亦可保存原有之植物荷尔蒙，吃起来口感备感鲜脆。

营养DATA

山药

古称"神仙之食"的山药，是一种上等的保健食品及中药材料，自古以来在中国、日本等地即被广泛地作为医疗食补。它不热不燥，能养阴补肾，是近年来最热门且营养价值最高的新兴健康食品。研究指出山药具备高营养、低热量及多重保健功效。含有大量丰富的天然植物性荷尔蒙及皂甘成分，更是中医利用它"滋阴补阳"的缘由之一。山药含大量淀粉及蛋白质、维生素B群、维生素C、维生素K、葡萄糖、粗蛋白氨基酸、胆汁碱、尿囊素等。而山药黏黏的黏液质则充满了糖蛋白质，含有消化酵素，可提高人体的消化能力，滋补身体。

玫瑰美颜茶

食材

玫瑰花苞 10 朵
新鲜柠檬 1/2 颗
热水 500cc

作法

1. 玫瑰花放入容器中。
2. 将新鲜柠檬对切后再挤汁加入容器中。
3. 冲入热开水，略微浸泡后即可倒出饮用。

营养DATA

新陈代谢，玫瑰有一套

美艳又多刺的玫瑰，代表爱情、苦恼和力量，历史上最善于利用玫瑰的首推埃及艳后——丽奥脱佩拉，即使你不相信玫瑰具有爱情的魔力，但玫瑰确实能帮助新陈代谢并预防皮肤老化，对于女性生理的功能也具有调节的功效，自古以来，玫瑰花茶便受仕女们的深深喜爱！

金盏花香蜂茶

材料	美白	抗氧化	纤体
1 人份	★★	★★★	★★

食材

金盏花 2 朵
金丝桃 10 公分 2 枝
香蜂草 10 公分 1 枝

作法

1. 所有材料以清水略微清洗干净。
2. 将所有材料均放入容器中。
3. 冲入热开水，浸泡约 3 分钟至味道溢出即可饮用。

营养 DATA

解除焦虑，就看金盏花

金色的花瓣在茶汤里漂浮，能缓和生理期前的紧张与焦虑，地中海料理中，经常用它来增加食物的色泽和风味，具有缓解感冒症状、促进新陈代谢的疗效，是视觉、味觉、食疗兼具的优质草花！

洋甘菊柠檬草饮

材料	美白	抗氧化	纤体
1 人份	★★	★★★	★★★★

食材

洋甘菊1大匙
柠檬草1整支（从茎部剪下）
热水 500cc

作法

1. 柠檬草以清水略微清洗干净。
2. 将所有材料均放入容器中。
3. 冲入热开水，浸泡约3分钟至味道溢出即可饮用。

营养DATA

养生保健，洋甘菊最行

在埃及，洋甘菊是用来祭祀、奉献给太阳的神草，罗马人更是直接以"长在地上的苹果"来形容它。无论如何，香甜的独特气息，使它成为花草茶的耀眼明星，看着一朵朵金黄小花在茶汤之中轻舞，伴着窗外迤洒落的暖暖阳光，着实令人沉醉其中！

百里香茉莉茶

材料	美白	抗氧化	纤体
1 人份	★★★	★★	★★★★

食材

茉莉花 1 大匙
百里香 10 公分 2 枝
薄荷 10 公分 1 枝
热开水 500cc

作法

1. 薄荷、百里香均洗净、沥干水分备用。
2. 将所有材料均放入容器中。
3. 冲入热开水，浸泡至味道溢出即可饮用。

营养DATA

提振精神，全靠茉莉花

早晨啜饮一口茉莉花茶，满是馨香的淡雅，总是能让一天以精神抖擞作为开始。经常饮用茉莉花醒脑茶，可达到松弛神经的效果，对于改善焦虑感也有不错的疗效喔！

木槿美颜茶

材料	美白	抗氧化	纤体
1 人份	★★★	★★	★★★

食材

木槿 6 朵
干燥红玫瑰花 8 朵
柳橙 1 片
热开水 400cc

作法

1. 将所有材料均放入容器中。
2. 冲入热开水，浸泡至味道溢出即可饮用。

营养 DATA

增强免疫力，木槿不费力

木槿的果实是秋天的红宝石，含有抑制发炎及增强免疫力的成分，有助于女性朋友的健康；醇然鲜红的汤色，更是近年来大受青睐的健康饮品之一。

甜菊洋甘菊饮

食材

甜菊 10 公分 1 枝
洋甘菊 1/2 小匙
荷脑薄荷 5 片
热开水 500cc

作法

1. 荷脑薄荷洗净。
2. 所有材料均放入容器中。
3. 冲入热开水，浸泡至味道溢出即可饮用。

营养 DATA

降低血糖，甜菊最拿手

甜菊的甜度高，但热量却极低，因此是十分热门的代糖产品！对于想要瘦身、或罹患糖尿病的人来说，经常饮可降血糖。现在就为自己冲泡一杯甘甜又芬芳的花草茶吧！

74

蒲公英健胃茶

材料	美白	抗氧化	纤体
1 人份	★★	★★	★★★

食材

蒲公英叶子1大匙
薄荷10公分1枝
甜菊5公分1枝
迷迭香10公分1枝
热开水500cc

作法

1. 蒲公英叶、薄荷、甜菊及迷迭香均洗净。
2. 所有材料均放入容器中。
3. 冲入热开水，浸泡至味道溢出即可饮用。

营养DATA

健胃强身，蒲公英好棒

蒲公英的种子总是一付蓄势待发的模样，风一起，带有冠毛的种子乘风飞去。花、叶、根皆深具药用价值，因此此道茶饮可健胃强身、保护肝肾。

穗草助眠茶

材料	美白	抗氧化	纤体
1人份	★	★★★	★★

食材

猫穗草 10 公分 1 枝
菩提花 1/2 小匙
热开水 500cc

作法

1. 猫穗草洗净。
2. 所有材料均放入容器中。
3. 冲入热开水，浸泡约 3 分钟至味道溢出即可饮用。

营养 DATA

帮助睡眠，试试猫穗草

猫穗草有着如名字一般可爱的心形叶片，带着淡淡的草腥味，细碎的淡色小花，虽然很难吸引人们的目光，却能吸引猫儿在丛中流连忘返。这道助眠茶可帮助睡眠，缓解因感冒所引起的不适。

胡椒薄荷茶

材料	美白	抗氧化	纤体
1 人份	★★	★★★	★★★★

食材

胡椒薄荷 10 公分 3 枝
百里香 10 公分 3 枝
鼠尾草 5 片
热开水 500cc

作法

1. 胡椒薄荷、百里香及鼠尾草均以清水洗净、沥干水分备用。
2. 所有材料均放入容器中。
3. 冲入热开水，略微浸泡至味道溢出即可。

营养DATA

提神醒脑，薄荷最有效

传说中薄荷是受到诅咒的仙女，将原有的美貌化成香气。生长力旺盛，被视为勇气与活力的象征，只要一小口，余韵便会在味蕾上萦绕不去！薄荷茶不仅可消除疲劳、解除腹胀，更具有提神醒脑，振奋精神的功效喔！

香蜂草蜜茶

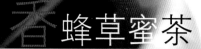

材料	美白	抗氧化	纤体
1 人份	★★	★★★	★★★★

食材

香蜂草 10 公分 4 枝
蜂蜜 1 大匙
热开水 300cc

作法

1. 香蜂草洗净。
2. 所有材料均放入容器中。
3. 冲入热开水，浸泡至味道溢出即可饮用。

营养 DATA

治疗失眠，来喝香蜂草

正因为自古以来，人们渴望保持青春拥有健康，而秘密，就隐身在一片片的绿叶里，只要每天一杯香蜂草茶，就能让你摆脱忧虑、恢复健康，快乐长生！此道茶饮可提振精神、治疗失眠、安抚情绪、健胃强身。

酸奶鲜果冰沙

材料 | 1 人份 | 美白 ★★★★ | 抗氧化 ★★★★ | 纤体 ★★★

食材

原味优酪乳 250cc
火龙果、猕猴桃及哈密
瓜 各10克
果糖1大匙
碎冰 2/3 杯

作法

1. 将火龙果、哈密瓜及猕猴桃洗净、去皮、切小块。

2. 将所有材料放入果汁机中，打至呈冰沙状。

3. 倒入杯中，上面可放置自己喜爱的果粒或是巧克力碎片即可食用。

营养 DATA

猕猴桃

猕猴桃果实呈蛋形，表皮有毛，含糖量为百分之十左右，可以作为沙拉的配料。青透的绿色果肉含有丰富的维生素C，一个猕猴桃可以提供给成人一天所需的维生素C，这种维生素对创伤愈合、保持免疫系统功能十分重要；猕猴桃另外还含有钾，对维持正常血压有很大的功用。此外，它的营养成分还有果酸、果糖、葡萄糖、蛋白质、脂肪、维生素B₁、钙、磷……近几年被用于多种用途，如加工成果汁、水果酒……

美白精力果汁

材料	美白	抗氧化	纤体
1人份	★★	★★★★	★★

食材

苜蓿芽 1/2 盒
番茄 1 颗
苹果 1/2 颗
牛奶 250cc
柠檬原汁 1 小匙
蜂蜜 3 小匙

作法

1. 番茄洗净去蒂、切块；苹果洗净去皮、切块。
2. 将所有材料放入果汁机中打成果汁即可饮用。

营养 DATA

苹果

苹果素有"果中之王"的美誉，常吃苹果还能增加血红素，使皮肤变得细嫩红润，不是有一谚语说："每天吃一个苹果，不用找医生！"由此便足以证明，苹果对健康真的有着极佳的帮助咧。现代医学也认为苹果是病人补助食物中的重要水果，若由其成分、功效来看，此言非虚。

香橙绿茶冻

材料	美白	抗氧化	纤体
1人份	★★★	★★★★	★

食材

柳橙 1 颗
糖 20 克
果冻粉 5 克
水 200cc

作法

1. 柳橙从三分之一处切开，果肉挖出备用，果壳洗净备用。
2. 将果肉、糖、果冻粉和水一起煮开后，待凉倒入柳橙壳内。
3. 盖上盖子、放入冰箱冷藏即可。

营养 DATA

绿茶

绿茶是一种未发酵过的茶，可说是几乎不含热量的饮料，比起一般的熟茶如红茶与乌龙茶，绿茶比较未经过氧化，保留比较多的天然抗氧化成分。

绿茶中含有维生素、叶绿素、胡萝卜素、儿茶素等多酚类营养素，其中以儿茶素最受瞩目，因为它的超强抗氧化能力，能避免大量的自由基对人体的伤害，提供抗氧化的最佳保护，并可预防慢性病症候群、清除自由基，预防癌症发生。